Ye

23818

Les VOYAGEURS.

ÉPITRE

A mon ami Pachò.

Par M. François Guide.

Paris,

CHEZ BÉCHET, AINÉ, LIBRAIRE, PALAIS-ROYAL,

Galerie de bois, N⁰ˢ 263-264.

1826.

LES VOYAGEURS.

Les VOYAGEURS.

Épitre

A MON AMI PACHÒ.

Par M. François Guide.

PARIS,

CHEZ BÉCHET, AINÉ, LIBRAIRE, PALAIS-ROYAL,

Galerie de bois, Nᵒˢ 263-264.

1826.

LES

VOYAGEURS.

Il nous faut du nouveau : c'est pour tromper l'ennui
Que plus d'un voyageur s'éloigne de chez lui.
Il ouvre de grands yeux sans y voir davantage;
Chaque lieu, chaque instant, lui présente une image!
Vingt tableaux aussitôt par vingt autres chassés,
Dans sa tête à coup sûr ne seront pas classés.
Ce livret qui le guide en une galerie,
Dit le nom des auteurs, mais non pas leur génie.
Quel fruit de tant de pas a-t-il donc obtenu?

Tout ce qu'il a gagné, c'est de dire : J'ai vu.

Le malade, accablé du mal qui le dévore,
Bien loin de ses foyers va chercher Epidaure ;
Il se flatte en courant de prolonger ses jours ;
Il quitte ses amis peut-être pour toujours.
Ainsi pendant l'hiver le voyageur à Nice
Vient chercher du soleil la chaleur protectrice ;
Et quelquefois l'aspect d'un éternel printemps
A renoué le fil de ses jours languissans.
Mais les hôtes nombreux que l'hiver nous envoie,
A la fièvre, aux douleurs ne sont pas tous en proie,
Un Tuffière souvent, à Londres, à Paris,
Est noyé dans la foule ou couvert de mépris.
Ici du moins il peut parler de sa naissance,
Faire beaucoup de bruit et très-peu de dépense,
Voyageurs par orgueil, prenez place en mes vers.

D'autres sont emportés par un autre travers.
Les rayons de Phœbus, le courroux de Neptune,
Ne sont-ils plus à craindre?—Il faut faire fortune,
Quels mots ! ils sont, ma foi, magiques en tous lieux :
D'un pôle à l'autre ils font courir jeunes et vieux ;

Et sur les grands chemins ils lancent plus de monde,
Qu'il n'est d'oiseaux dans l'air, ou de poissons dans l'onde.

Mais tandis que l'ennui, l'avarice ou l'orgueil,
De tant de voyageurs sont le guide ou l'écueil,
Il en est qui, conduits par des motifs plus sages,
Dans leurs nobles travaux méritent nos hommages :
Dans leur course, sans faste, ils ont toujours porté
L'amour de la science ou de l'humanité.
Ainsi l'Indien cruel dans sa hutte sauvage,
Des ministres du Christ admire le courage;
Et de Dieu par degrés reconnaissant les lois,
Ses yeux s'ouvrent : il naît une seconde fois.

Franchissant en esprit les limites de l'onde,
Colomb de cour en cour offrait un nouveau monde.
Que de refus amers ! que d'injustes dédains !
Ah ! s'il eût dans la tombe enfermé ses desseins,
Combien de temps encor, avant que l'Atlantique
Eût vu courber ses flots sous le vaisseau bétique,
Combien de temps encor l'Inca lâche et cruel
Eût-il du Dieu du jour ensanglanté l'Autel !
Mais qui peut rebuter cette âme inébranlable ?
Colomb enfin triomphe. Une foule innombrable

Déjà s'est rassemblée aux rives de Palos ;
Les regards sont fixés sur trois frêles vaisseaux :
Tour à tour on admire, on craint et l'on espère.
La proue impatiente a fendu l'onde amère :
Mille cris aussitôt s'élèvent vers les cieux ;
Le rivage long-temps répète les adieux.
Plus d'une amante, hélas! ne put trouver de larmes ;
L'espoir n'osait pas même adoucir ses alarmes.
Plus d'une mère alors trop tard se repentit
D'avoir abandonné le fils qu'elle nourrit ;
Vers le vaisseau qui fuit vingt fois elle s'élance;
Elle maudit Colomb et sa propre imprudence.
Ah! l'on peut pardonner à l'amour maternel;
Mais Colomb doit souffrir un affront plus cruel.
Bientôt des matelots le courage se lasse ;
Leur désespoir aux cris ajoute la menace ;
Aux bords européens ils veulent retourner.
Près de toucher au but faut-il l'abandonner !
Mais Colomb à l'orage opposant la constance,
Pour quelques jours encor soutient leur espérance.
Enfin le jeune mousse au haut du mât monté,
A crié : terre! terre! et ce mot répété
A guéri tous les maux d'une longue poursuite.

Aux genoux de Colomb chacun se précipite.

Salut, terre! salut, moitié de l'univers!

Amérique, pour toi les temps se sont ouverts.

Jeune sœur, à tes sœurs trop long-temps inconnue,

A tes destins futurs te voilà donc rendue.

Pour sillonner ces mers, pour explorer ces bords,

Que de navigateurs s'élancent de nos ports!

Cependant que Gama vers l'orient s'élève,

Et du vaste univers la conquête s'achève.

L'Anglais au champ de gloire est plus tard accouru;

Mais à pas de géant Cock l'a tout parcouru.

Le Français à son tour s'élançant dans l'arène,

Des sciences, des arts agrandit le domaine.

Mais sans remplir mes vers de tant de noms fameux,

Sans rappeler ici tant de travaux heureux,

Au risque de choquer l'ordre chronologique,

Laisse-moi contempler ce philosophe antique,

Qui, pour éclairer l'homme et le rendre meilleur,

Porta partout ses pas et son œil scrutateur.

Par d'aimables erreurs la Grèce était bercée,

Les beaux arts de ses fils occupaient la pensée;

Mais chez eux la science était à son berceau ;

La raison à leurs yeux n'offrait pas son flambeau ;

D'une douce morale ils ignoraient l'empire.

Pythagore a senti ce vide. Un dieu l'inspire.

Mais pour mieux accomplir ses sublimes desseins,

Il part ; long-temps il erre en des pays lointains ;

Là, des peuples divers d'abord il étudie

Les vices, les vertus, les lois et l'industrie.

Enfin aux bords du Nil son esprit enchanté,

Des nombres et des temps perce l'obscurité ;

Et de l'Égyptien pénétrant les mystères,

Il aperçoit le but où tendaient ces chimères ;

Et jusques au vrai Dieu s'il ne s'élève pas,

Son âme le devine et l'adore tout bas.

Cependant il rapporte aux rives de la Grèce,

Les trésors précieux que conquit sa sagesse ;

La vertu dans les cœurs entre avec ses discours ;

L'aimable fiction lui prête son secours.

On croit que le seul but où sa morale aspire,

Est d'épargner le sang de tout ce qui respire ;

Mais à quelques élus se montrant de plus près,

Il dévoile à leurs yeux ses plus profonds secrets ;

Et sa doctrine ainsi, transmise d'âge en âge,

Fait l'admiration, comme l'espoir du sage [1].

Noble soif du savoir, que ne sais-tu tenter !

C'est elle dont l'ardeur te faisait palpiter,

O Pachò, cher ami dont l'âme peu commune,

Dans l'âge du plaisir sut braver l'infortune :

Cette ardeur fit ta force au milieu du danger ;

Par elle loin de nous tu courus t'engager

Dans les champs que le Nil enrichit de son onde,

Sur le tombeau des rois, près du berceau du monde,

Aux lieux où fut Memphis dont les vastes débris

Bien mieux qu'aucun auteur parlent à nos esprits ;

Dans ces déserts brûlans sans ombre et sans limite,

Où l'aimant pouvait seul diriger ta poursuite,

Cyrène t'a montré les restes précieux

Dérobés si long-temps à notre œil curieux.

L'Afrique t'offre encor des conquêtes à faire ;

Il ne t'est plus permis d'être un homme ordinaire :

Porte tes pas vainqueurs jusques à Tomboctou,

Mais sans dire aux Anglais ni comment ni par où.

FIN.

[1] Dans le 17e siècle des Carmes prétendirent faire remonter leur ordre jusqu'au prophète Elie par l'intermédiaire de Pythagore.